L'AMI

DE LA MAISON,

COMÉDIE.

Yth
632

Les Paroles font de M. MARMONTEL,
de l'Académie Françoise.

La Musique est de M. GRETRY.

L'AMI

DE LA MAISON,

COMÉDIE

EN TROIS ACTES ET EN VERS,

Mêlée d'Ariettes ;

Représentée, devant Sa Majesté, à
Fontainebleau, le 26 Octobre 1771.

DE L'IMPRIMERIE
De P. ROBERT-CHRISTOPHE BALLARD, seul Imprimeur
pour la Musique de la Chambre & Menus-Plaisirs
du Roi, & seul Imprimeur de la grande Chapelle
de Sa Majesté.

———————————

M. DCC. LXXI.
Par exprès Commandement de Sa Majesté.

ACTEURS.

CÉLICOUR,	Le Sieur Clairval.
AGATHE,	La Dlle. Laruette.
ORFISE, *Mere d'Agathe.*	La Dlle. Desglands.
ORONTE, *Frere d'Orfise & Pere de Célicour.*	Le Sieur Caillot.
CLITON, *Ami d'Orfise.*	Le Sieur Laruette.
UN LAQUAIS.	

Le lieu de la Scene est une Maison de Campagne.

L'AMI DE LA MAISON,
COMÉDIE.

ACTE PREMIER.

Le Théâtre repréſente un Salon.

SCENE PREMIERE.
CÉLICOUR, AGATHE.

CÉLICOUR.

Belle couſine, hé quoi ! vous me fuyez toujours !
Je ne ſuis en ces lieux que depuis quinze jours ;
 Et de m'y voir vous êtes laſſe !
 Les heureux momens que j'y paſſe,
 Ne ſeront-ils pas aſſez courts ?

A

AGATHE.

AIR.

Je suis de vous très-mécontente,
Très-mécontente, entendez-vous ?
Je vous croyois docile & doux ;
Vous avez trompé mon attente.
Je suis de vous très-mécontente,
Très-mécontente, entendez-vous ?
Hé quoi ! sans cesse
Suivre mes pas !
Chercher mes yeux ! me parler bas !
Et me sourir avec finesse !
Belle finesse !
Vous croyez qu'on ne vous voit pas ?

Je suis de vous, &c.

Des vivacités
Sans fin, sans nombre ;
Vous vous dépitez ;
Vous devenez sombre ;
Vous ne me quittez
Non plus que mon ombre ;
Toujours assis à mes côtés.

Je suis de vous, &c.

CÉLICOUR.

Pardon, belle cousine. Oui, je suis trop sensible :
Je devrois retenir ces premiers mouvemens.
Mais se vaincre à tous les momens !
L'effort est pour moi trop pénible.
Près de vous mes empressemens

N'ont pas, je crois, befoin d'excufe,
Quant aux vivacités dont je fais qu'on m'accufe,
Rien de plus pardonnable. Avec moi, fans façon,
Je vois que tout le monde en ufe,
Et qu'on me traite ici comme un petit garçon.
Depuis plus de fix mois je fuis forti des Pages;
Et je connois affez le monde & fes ufages,
Sans qu'on me faffe la leçon.

AGATHE.

C'eft un avis pour moi.

CÉLICOUR.

Vous favez bien que non :
Jamais l'amitié n'humilie.
Mais il n'eft pas ici, jufqu'à Monfieur Cliton,
Qui fans ceffe avec moi s'oublie,
Et prétend me donner le ton.

AGATHE.

Pour celui-là, je vous fupplie
De le ménager.

CÉLICOUR.

Moi !

AGATHE.

Vous-même, & pour raifon;
Car c'eft l'ami de la maifon.

CÉLICOUR.

Vraiment! votre mere en eft folle;
Et comme elle chacun le croit, fur fa parole,
Un Savant, un Sage, un Caton.

AGATHE.

Hé bien? laissez-les croire.

CÉLICOUR.

Oh! tout cela me blesse.

AGATHE.

Mais, mon petit cousin, je ne sais pas pourquoi.

CÉLICOUR.

Par exemple, là, dites-moi,
S'il est bien qu'avec lui votre mere vous laisse
Des heures tête-à-tête?

AGATHE.

Il le trouve assez doux.

CÉLICOUR.

Je le crois bien.

AGATHE.

Rassurez-vous:
Un Sage est exempt de foiblesse.

CÉLICOUR.

Un fade adulateur, un censeur importun,
Tombé céans comme des nues,
Dont les mœurs vous sont inconnues,
Et dont l'état consiste à n'en avoir aucun :
Voilà ce qu'on appelle un Sage.

AGATHE.

Oui, ç'en est un,
Car il le dit.

CÉLICOUR.

La preuve est claire.

AGATHE.

D'abord, il n'eſt jamais de l'avis du vulgaire.

CÉLICOUR.

C'eſt n'avoir pas le ſens commun.

AGATHE.

De plus, il mépriſe un chacun.

CÉLICOUR.

Qui, je crois, ne l'eſtime guere.

AGATHE.

Il raiſonne de tout.

CÉLICOUR.

Et n'a jamais raiſon.

AGATHE.

Sait l'hiſtoire, la carte, & même le blazon.

CÉLICOUR.

Science rare !

AGATHE.

Et néceſſaire.

Sur un globe avec lui je parcours l'Univers.
Dans les tems reculés avec lui je me perds.
C'eſt lui qui m'inſtruit, qui m'éclaire.
Il veut me rendre habile.

CÉLICOUR.

Ho ! moi, je vous prédis
Qu'il a des deſſeins plus hardis.

AGATHE.

Et quels deſſeins ?

CÉLICOUR.

Mais, de vous plaire.

AGATHE.

Tant mieux !

CÉLICOUR.

Oui-dà ?

AGATHE.

J'en suis bien aise.

CÉLICOUR.

En vérité ?

J'en suis bien aise aussi. Quelle tranquillité !
Et s'il se réserve à lui-même
Un prix qui n'étoit dû qu'à moi, qu'à mon amour ?

AGATHE

Vous n'y pensez pas, Célicour.
Est-ce que vous m'aimez ?

CÉLICOUR

O ciel ! si je vous aime !
En doutez-vous, Agathe ?

AGATHE.

Et qui me l'auroit dit ?

CÉLICOUR.

Qui ? mon ravissement, mon trouble, mon ivresse,
De mon cœur agité la joie & la tristesse,
L'inquiétude & le dépit ;
Tout, jusqu'à mon silence.

AGATHE.

Ho! je n'ai pas l'adreſſe
D'expliquer le ſilence.

CÉLICOUR.

Et mes ſoins aſſidus ;
Mes ſoupirs, mes regards, qui vous parloient ſans ceſſe?

AGATHE.

Je ne les ai pas entendus.

CÉLICOUR.

Je ne m'étonne plus de vous voir ſi paiſible.
Je vous paroiſſois fou : vraiment, je le crois bien :
Votre cœur étoit inſenſible
A tous les mouvemens du mien.
Mais non, cela n'eſt pas poſſible.
Par exemple, cent fois, en vous donnant la main ;
J'ai preſſé doucement la vôtre dans la mienne.

AGATHE.

Je ne l'ai pas ſenti, du moins qu'il me ſouvienne.

CÉLICOUR.

Et l'autre jour, dans le jardin,
Quand je louois tant cette roſe,
Fraîche, vermeille, à demi cloſe,
Qui répandoit dans l'air le parfum le plus doux ;
Et quand j'aurois voulu me changer en abeille,
Pour avoir de la roſe une faveur pareille
A celle dont j'étois jaloux ?

A iv

AGATHE,

Hé bien ?

CÉLICOUR,

La rose, c'étoit vous;
Et ce pigeon plaintif & tendre,
A qui je souhaitois une colombe?

AGATHE,

Hé bien ?

CÉLICOUR.

C'étoit moi, vous dûtes l'entendre.

AGATHE,

Moi, je n'entends jamais que ce qu'on me dit bien,

CÉLICOUR, *vivement.*

Je vous dis donc que je vous aime;
Que je veux être votre époux;
Et que je ne puis voir, sans un dépit extrême;
Qu'un autre ose prétendre à des liens si doux,
M'entendez-vous enfin?

AGATHE.

Oui, vous êtes jaloux,
Cela fait bien du mal !

CÉLICOUR,

Il dépend de vous-même
De m'en guérir, de me calmer,

AGATHE,

Que faut-il pour cela?

CÉLICOUR.

M'aimer.

AGATHE.

Vous aimer ! Après ? Je suppose
Que nous nous aimions. Croyez-vous
Qu'à nous unir on se dispose ?
Et qu'avec vos vingt ans, vous soyez bien l'époux
Qu'à votre cousine on propose ?

CÉLICOUR.

Ah ! quel malheur vous m'annoncez !
J'en mourrai de douleur ; mais, avant que je meure,
Dites-moi seulement, je t'aime : c'est assez.

AGATHE.

Oui, je vous aime, à la bonne heure ;
Mais plus d'impatience, ou je me fâcherai.

CÉLICOUR, *très-vivement.*

Ho ! non. Je me posséderai.
Je suis aimé, je suis tranquile :
A présent rien n'est plus facile ;
Et plein de mon bonheur, je le renfermerai.

AIR.

Oui, désormais je me possede.
Je suis prudent, je suis discret.
Quoi qu'on me dise, ho ! oui, je cede,
Et je garde là mon secret.

> Mais vous, Monſieur Cliton,
> Changez d'air & de ton.
> Je ſuis humble & timide;
> Jamais je ne décide;
> Je ſuis humble & timide;
> Mais n'en abuſez pas:
> Monſieur Cliton, un ton plus bas.

> Oui, déſormais je me poſſede.
> Je ſuis prudent, je ſuis diſcret.
> Quoi qu'on me diſe, ho! oui, je cede,
> Et je garde là mon ſecret.

> Devant ma tante,
> Je me préſente
> Les yeux baiſſés.
> Qu'elle commande,
> Qu'elle défende;
> C'en eſt aſſez.
> Neveu ſoumis,
> Pour lui complaire;
> Je cherche à faire
> La cour à ſes amis.

> Mais vous, Monſieur Cliton, &c.

> Oui, déſormais, &c.

SCENE II.

ORONTE, CÉLICOUR, AGATHE.

ORONTE.

AH ! mon fils, te voilà ? Tant mieux : je te cherchois.
Réjouis-toi. Ma sœur ... quelle sœur ! quelle femme !
Tu le savois, Agathe, & tu nous le cachois.

AGATHE.

Moi ! non, je ne sais rien.

ORONTE, *à Célicour.*

Elle a lû dans ton ame ;
Elle met le comble à tes vœux.

CÉLICOUR.

Ah ! mon pere !

ORONTE.

Oui, mon fils, dès demain, si tu veux,
Tu peux partir.

CÉLICOUR.

Comment ?

ORONTE.

Du bien que je possede,
Elle a su que j'allois employer la moitié
A te mettre au service ; elle vient à mon aide ;
Et sa généreuse amitié

Te fais don du brévet qui t'ouvre la carrière.
Rien ne s'oppofe plus à ton ardeur guerrière.
La fortune t'appelle , & la gloire t'attend.
Te voilà Capitaine.

CÉLICOUR.

O ciel !

ORONTE.

Es-tu content ?

CÉLICOUR , *avec embarras.*

Je me fens pénétré des bontés de ma tante ;
Mais vous , mon pere...

ORONTE,

Hebien ?

CÉLICOUR.

Vous , de qui je dépends ;
'A recevoir fes dons faut-il que je confente ?
C'eft le bien de fa fille ; & c'eft à fes dépens...

AGATHE.

Célicourt , avez-vous envie
De ne plus me revoir ? C'en eft fait pour la vie ;
Si vous répétez ce mot là.

CÉLICOUR.

Je me tais.

ORONTE.

Oui , laiffons cela.
Tu n'as plus rien qui te retienne ;
Et mon impatiençe eft égale à la tienne.
Allons. Viens d'abord t'acquitter
De ce devoir fi doux de la reconnoiffance.

CÉLICOUR, *retenant Agathe qui veut s'en aller.*

Un moment, chere Agathe. Avant de nous quitter,
Mon pere, écoutez-moi.

ORONTE.

Qu'eft-ce ? Une confidence ?

CÉLICOUR.

Mon pere !

ORONTE.

Au fait.

CÉLICOUR.

Depuis que nous fommes ici ;
Je n'ai ceffé de voir Agathe.

ORONTE.

Elle eft jolie ;
Ta coufine !

CÉLICOUR.

Ah ! charmante.

ORONTE.

Elle eft douce, polie;
Je l'aime tout à fait.

CÉLICOUR.

Hélas ! je l'aime auffi;

ORONTE.

Je n'ai pas de peine à le croire.
Hebien, mon fils, l'amour eft le prix de la gloire.
Il vous en a lui-même applani le chemin;
Soyez digne d'Agathe, & méritez fa main.

AIR.

Rien ne plait tant aux yeux des belles
Que le courage des guerriers.
Qu'ils ſoient vaillans, qu'ils ſoient fideles;
A leur retour je réponds d'elles.
L'amour ſous les lauriers
N'a point vu de cruelles.
Rien ne plait tant aux yeux des belles
Que le courage des guerriers.
Sous les Drapeaux, quand la trompette ſonne,
Chacun ſe dit : » Voilà l'inſtant ;
» L'amour m'attend ;
» Et dans ſes mains eſt la couronne.
» Qu'il nous regarde, & qu'il la donne
» Au plus vaillant,
» Au plus brillant.
» Voilà l'inſtant ;
» L'amour m'attend ;
» Et dans ſes mains eſt la couronne. »
Il a raiſon : l'amour l'attend.
Rien ne plait tant aux yeux des belles, &c.

CÉLICOUR, *vivement.*

Je ferai mon devoir ; je ferai, je l'eſpere,
Digne de ma maitreſſe, & digne de mon pere.
Je brûle de ſervir ma patrie & mon Roi ;
Et vous ſerez content de moi.

ORONTE.

Allons, j'en accepte l'augure.

CÉLICOUR.

Ho ! vous pouvez y croire ; & mon cœur vous l'assure :
De l'amour à la gloire on me verra vôler.
Tout ce que je demande, avant de m'en aller,
C'est de m'unir à ce que j'aime.

ORONTE.

Quoi, mon fils ! à ton âge !

CÉLICOUR.

Ah, mon pere ! un soldat
Est si pressé de vivre ! & vous savez vous-même
Que personne n'est jeune au moment d'un combat.
Si je meurs son époux, je meurs digne d'envie.
Mon pere, laissez-moi lui donner de ma vie
Deux beaux jours seulement : le reste est à l'Etat.

AGATHE.

(à Célicour)   (à Oronte.)

Vous me faites trembler. Non, Monsieur, non, ma mere
N'y consentiroit pas. Elle veut l'éloigner.
Il lui déplaira s'il differe ;
J'en suis sure, & je veux du moins vous épargner
La douleur d'un refus marqué par sa colere.

ORONTE.

Elle a plus de bon sens que toi,
Mon fils.

CÉLICOUR.

Ah ! que n'a-t-elle autant d'amour que moi ?

AGATHE.

AIR.

L'amour le plus infenfé
N'eft pas toujours le plus tendre.
Si le votre eft las d'attendre,
Le mien n'eft pas fi preffé.
Oui, Célicour, je vous aime;
Et c'eft mon cœur, c'eft lui même
Qui m'éclaire & me conduit.
Si vous aimez, fachez feindre.
Un foufle, un rien peut éteindre
Le foible efpoir qui nous luit.

ORONTE.

Qui vous preffe en effet ? Vois un peu la folie
D'époufer à vingt ans femme jeune & jolie,
Et de la laiffer là ?

CÉLICOUR.

Mon pere ! vous favez
Quels font les écueils de mon âge.
Vous m'avez tant dit d'être fage !
Aidez-moi donc à l'être. Hélas ! vous le pouvez.
Pour la fougue de la jeuneffe
Eft-il un frein plus affuré
Que ce lien chéri, que ce nœud révéré,
Dont l'amour & l'honneur nous occupent fans ceffe ?

ORONTE.

Oui, je fens bien que le devoir
Peut beaucoup fur une ame honnête;

Et

Et ma sœur n'auroit qu'à vouloir :
Moi , je m'en ferois une fête.
AGATHE.
Mon oncle , perdez cet espoir.

TRIO.

CÉLICOUR.	ORONTE.	AGATHE.
Laissez agir mon pere.	Voyez : je suis bon pere.	Je connois bien ma mere.
Il peut, avec douceur,	Je puis, avec douceur,	Severe avec douceur,
Lui dire : allons, ma sœur,	Lui dire : allons, ma sœur,	Elle diroit : non, non, mon frere.
Ma sœur, point de colere.	Ma sœur, point de colere.	Vous avez tort.
Nos enfans n'ont pas tort.	Nos enfans n'ont pas tort.	Ma fille a tort.
Comme eux soyons d'accord.	Comme eux soyons d'accord.	

ENSEMBLE.

CÉLICOUR.	ORONTE.	AGATHE.
Elle diroit, ils n'ont pas tort.	Je lui dirois , ils font d'accord.	Elle diroit, ma fille 'a tort.

ORONTE.
Est - ce la fortune
Qui fait les heureux?
CÉLICOUR.
S'aimer, en est une
Qui remplit nos vœux.
AGATHE.
La mode importune
S'oppose à ces nœuds.

CÉLICOUR.	ORONTE.	AGATHE.
He quoi! l'amour est-il un tort ? Non, non, l'amour n'eſt pas un tort.	He quoi! l'amour est-il un tort? Non, non, l'amour n'eſt pas un tort.	Elle diroit, oui c'eſt un tort.

AGATHE.

Ecoutez. Mieux que vous je fais ce qui ſe paſſe.
C'eſt Cliton qui vous nuit ; & c'eſt lui qui vous chaſſe.

CÉLICOUR.

Ah ! ſi je m'en croyois !

AGATHE.

Point de vivacité.
Soyez ſage , & laiſſez moi faire.
Cliton croit ſe jouer de ma ſimplicité ;
Mais je veux qu'il nous ſerve ; & j'en fais mon affaire.

AIR.

Je ne fais ſemblant de rien ;
Mais j'obſerve, je remarque.
Laiſſez-moi mener ma barque.
Paix donc! paix! tout ira bien.
C'eſt un plaiſir bien flateur,
De ſe jouer, à mon age,
D'un fripon qui fait le ſage,
Et de tromper un trompeur!
Je ne fais ſemblant, &c.
Je vois de loin ſon adreſſe ;
Et ſous cape je m'en ris.
Le chat guette la ſouris ;
Mais au piege qu'il me dreſſe
Lui-même il va ſe voir pris.
Je ne fais ſemblant, &c.

Fin du premier Acte.

ACTE SECOND.

SCENE PREMIÈRE.

ORONTE, CÉLICOUR, ORFISE, CLITON.

ORONTE.

MA sœur, voilà mon fils qui vient vous rendre
graces.

ORFISE.

Mon neveu, votre pere a bien servi son Roi ;
C'est à vous de suivre ses traces.

CÉLICOUR.

Son exemple, Madame, & ce que je vous doi,
Présent à mon esprit, m'occupera sans cesse.

ORFISE.

Quand partez-vous ?

CÉLICOUR.

Bientôt.

ORFISE.

Au plutôt, croyez-moi,

CLITON, *gravement.*

C'eſt dans l'oiſiveté que ſe perd la jeuneſſe.

CÉLICOUR, *à demi voix.*

He ! Monſieur !

ORFISE.

Il ne faut qu'un malheureux moment ,
Mon frere. Allons , point de foibleſſe.
Son équipage fait, qu'il parte inceſſament.

(*Le pere & le fils ſe retirent.*)

SCENE II.

ORFISE, CLITON,

CLITON.

VOus avez fait, Madame, une choſe admirable.

ORFISE.

J'ai ſuivi vos conſeils.

CLITON.

Ah ! vous les devancez.
Toujours le mieux poſſible eſt ce que vous penſez.
Quelle ame ! quelle ame adorable !
On ne vous connoît pas. Je voudrois que l'on ſut
Tout ce que vous valez , Madame.

De l'homme, à ce qu'on dit, la force est l'attribut;
   Mais la délicatesse est celui de la femme,
Ce que nous méditons vous l'avez deviné ;
    Et la raison, qu'en nous l'on vante,
    N'est que la très-humble servante
De cet heureux instinct, qui chez-vous est inné.

ORFISE.

Ah ! Cliton, que l'on gagne au commerce d'un sage !
    Vous m'ennoblissez à mes yeux.
    Je ne sais pas si je vaux mieux ;
    Mais je m'estime davantage.

CLITON.

Non, Madame, non, pas assez :
Vous êtes encor trop modeste.

ORFISE.

Vous croyez ?

CLITON.

    Vous êtes céleste.

ORFISE.

Mais vous, peut-être aussi vous vous éblouissez ?

AIR.

    La louange est un miroir,
    Qui nous flate & nous abuse.
    On l'éloigne, on se refuse
    Au doux plaisir de s'y voir.

> Mais certain je ne sais quoi
> Fait que, timide & confuse,
> On y revient malgré soi.
> Vous me trompez, je le vois,
> Et je me le dis sans cesse,
> Hé bien, telle est ma foiblesse
> Qu'en rougissant je vous crois.
> La louange, &c.

CLITON.

Moi ! vous tromper ! jamais. Non, jamais je ne flate.
> Par exemple, je vous dirai
Que ce beau naturel, que j'ai tant admiré,
> Dégénere un peu dans Agathe.
Elle a de l'enjoûment, de la vivacité,
Même quelque lueur de sensibilité ;
Mais ce tact de l'esprit, cette raison sublime,
> Ce feu divin qui vous anime,
Pardon, je ne crois pas qu'elle en ait hérité.
> Je sens que je suis trop sévere ;
Je devrois un peu plus ménager une mere ;
Mais je n'ai jamais su trahir la vérité.

ORFISE.

Un cœur que vous formez sera du moins honnête.

CLITON.

> Oui, je vous réponds de son cœur.
> Mais je commençois d'avoir peur
Que le petit cousin ne lui tournât la tête.

AIR.

Dans la brulante faifon,
Vers la fin d'un jour tranquile,
Vous voyez fur l'horizon
Comme une vapeur fubtile.
Ce n'eft d'abord qu'un éclair
Qui voltige & qui fend l'air.
Bientôt s'éleve un nuage;
Et ce nuage s'étend.
Le ciel gronde; & dans l'inftant
L'éclair devient un orage.
C'eft tout de même en amour;
Et de l'éclair au ravage,
L'intervale n'eft qu'un jour.

ORFISE.

Il faut à ma fille, à fon âge,
Un guide fur, un homme fage;
Et, fans parler du bien qui manque à mon neveu;
Jamais cet amour là n'auroit eu mon aveu.

CLITON.

Quelle mere !

ORFISE.

Ajoutez, quel ami ! dont le zele
Penfe à tout ! prévoit tout !

CLITON.

      Hélas ! vous en aurez
 'Aifément de plus éclairés ,
 Mais aucun qui foit plus fidele.

ORFISE.

Je n'en cherche point d'autre, & vous me fuffirez.
   (à un Laquais.) (à Cliton.)
Holà ! quelqu'un... Ma fille .... Il eft tems qu'elle
   vienne
  Prendre fa leçon. Vous ferez
  Seul avec elle ; & vous lirez
Dans fon ame.

CLITON.

Ho ! j'y vois plus clair que dans la mienne.

SCÈNE III.

CLITON, ORFISE, AGATHE,

ORFISE.

VOILA bien des jours dissipés,
Ma fille, & perdus pour l'étude.

AGATHE.

Hélas, oui,

CLITON.

Nos momens seront mieux occupés.

ORFISE.

Allons ; reprenez l'habitude
D'une sage application.

AGATHE.

C'est bien mon inclination.
Mais mon cousin vouloit sans cesse
Que nous fussions ensemble. Il aime à s'amuser,
Mon cousin. Moi, par politesse,
Je n'osois pas le refuser.

ORFISE.

De quoi parliez-vous ?

AGATHE.

Bon ! que fais-je ?
Des tours qu'il faifoit au collége
Quand il étoit petit garçon,
De l'éxercice, du manége,
De la guerre, & de la façon
Dont il fe conduiroit pour avoir de la gloire.
Tout cela m'ennuyoit, comme vous pouvez croire ;
Et j'aimois bien mieux ma leçon
De géographie & d'hiftoire.

CLITON.

Elle eft naïve.

ORFISE.

Elle a du moins
La franchife de l'innocence.
Je vous laiffe. Ah, Cliton ! quelle reconnoiffance
Ne devrai-je pas à vos foins !

SCENE IV.

CLITON, AGATHE.

CLITON.

ALLONS, Mademoiselle! il faut vous rendre digne
D'une mere accomplie.

AGATHE.

Hélas! je le veux bien.

CLITON.

Quelle docilité! vous le voulez? hé bien,
Cette émulation est d'abord un bon signe.
Vos cartes, votre globe.

AGATHE.

Ah! je les ai laissés.

Je vais....

CLITON.

Non, demeurez. C'est moi....

AGATHE.

Vous ne cessez
De vous donner pour moi des peines!

CLITON.

Qu'elles vous plaisent, c'est assez.

(Il sort.)

SCENE V.

AGATHE, *seule.*

JE te réponds qu'elles sont vaines.

AIR.

Si quelquefois tu sais ruser,
Amour, apprends-moi l'art de feindre.
Tu n'auras jamais à t'en plaindre.
Je ne veux point en abuser.
Ne crains pas qu'un voile trompeur,
A mon Amant cache mon ame.
C'est au pur éclat de ta flâme
Qu'il lira toujours dans mon cœur.

Si quelquefois, &c.

SCENE VI.

AGATHE, CLITON. *Ils s'asseyent.*

CLITON.

QUEL pays avons-nous parcouru?

AGATHE.

L'Italie.

CLITON.

Comment! vous vous en souvenez?

AGATHE.

Ho ! n'ayez pas peur que j'oublie
Les leçons que vous me donnez.

CLITON.

Nous allons à préfent voyager dans la Grece,
Pays autrefois fi vanté,
Où fleuriffoient les arts, les talens, la beauté,
La Poëfie enchantereffe.

AGATHE.

'Ah ! que j'aurois voulu voir ce beau pays-là !

CLITON.

Oui, belle Agathe, c'étoit-là
Que vous étiez digne de naître.
Avec ces attraits ingénus,
Si l'on vous avoit vu paroître
'A la fête d'Hébé, de Flore, de Vénus !

AGATHE.

Flore, Vénus, Hébé, ces noms me font connus.

CLITON.

Affurément ils doivent l'être.

AGATHE.

Flore, la Déeffe des fleurs ;
Hébé, celle de la Jeuneffe ;
Mais Vénus ?

CLITON.

La Reine des cœurs,
Des plaifirs l'aimable Déeffe.

AGATHE.

Hé ! ouï, la mere de l'Amour,
Dont les plaisirs formoient la cour,
Et dont les jeux suivoient les traces :
Je lisois cela l'autre jour.

CLITON.

Vous oubliez vos sœurs.

AGATHE.

    Moi ! mes sœurs ! qui ?

CLITON.

                Les Graces !

AGATHE.

Ah, Cliton ! les Graces, mes sœurs !

CLITON.

En les nommant ainsi, soyez bien sûre, Agathe,
Que ce n'est pas vous que je flate.

AGATHE.

Toujours à vos leçons vous mêlez des douceurs.
Mais ces fêtes d'Hébé, de Vénus & de Flore,
Cela devoit être bien beau !

CLITON.

Hélas ! si beau, que même encore
Le souvenir en est un magique tableau.

A I R.

Ah ! dans ces Fêtes,
Que de conquêtes
L'Amour n'eût pas
Fait sur vos pas !
Dans quelle ivresse,

Toute la Grece
N'eût-elle pas
Célébré tant d'appas !
On eût dit : la voilà, c'eſt elle,
Qui ne le céde qu'à Cypris.
Donnons le prix
A la plus belle.
La voilà, la voilà, c'eſt elle,
A la plus belle
Donnons le prix.

Ah ! dans ces fêtes, &c.

La Grece avoit des Sages ;
Vous les auriez vu tous,
Au pied de vos images,
Préſenter les hommages
Et les vœux les plus doux.
Oui, leur encens n'eût brûlé que pour vous.

Ah ! dans ces fêtes, &c.

AGATHE.

Je ſuis confuſe, en vérité…. ;
Si l'on avoit la vanité
De vous croire… eſt-ce donc là comme
Un ſage?….

CLITON.

Agathe, un Sage eſt homme :
La ſageſſe n'eſt pas l'inſenſibilité.

AGATHE.

Quoi ! vous n'êtes pas inſenſible !

CLITON.

Inſenſible avec vous ! le croyez-vous poſſible?

AGATHE.

Allons, voyons la Grece.

CLITON.

Ho! pas encor.

AGATHE.

Laiſſez,

Laiſſez mes mains.

CLITON.

Je céde au pouvoir invincible....

AGATHE, en ſe levant.

Vous n'y penſez pas. Finiſſez.

D·U O.

CLITON.

Plus de myſtere,
Plus de détour.
Non, non, l'Amour
Ne peut ſe taire.
C'eſt une ivreſſe que l'amour.

AGATHE.

Qu'avez-vous donc qui vous altere?
A nos leçons que fait l'amour?

CLITON.

C'eſt comme un feu qui me brûle.

AGATHE.

Ho! je ne ſuis pas ſi crédule.

CLITON.

Je vous dis que c'eſt un feu.

AGATHE.

Je vois bien que c'eſt un jeu.

AGATHE.

CLITON.
Mais je vous dis que c'est un feu.
AGATHE.
Moi, je vous dis que c'est un jeu.
CLITON.
Répondez à ma tendresse.

AGATHE.
C'est donc là qu'étoit la Grece?
Ne pensons
Qu'à nos leçons.
CLITON.
Ah! laissons-là nos leçons.

AGATHE.
Ah! finissons nos leçons.
Ne parlons que de la Grece.
CLITON.
Ah! laissons-là nos leçons.
Ne parlons que de tendresse.
AGATHE.
Voyez à quoi je m'expose,
Si l'on sait, dans la maison,
Que c'est moi qui suis la cause
Que vous perdez la raison.
CLITON.
Hé! non, non, n'ayez pas peur
Que jamais je vous expose.
C'est le secret de mon cœur.
AGATHE.
La colere
De ma mere
Me fait peur.

CLITON.

N'ayez pas peur.
Je sais brûler & me taire,
C'est le secret de mon cœur.

AGATHE.

Voilà le tems qui se passe.
Ah ! de grace!
Laissez-moi.

CLITON.

Voilà le tems qui se passe.
Ah ! de grace !
Écoutez-moi.
Je meurs d'amour.

AGATHE.

Je meurs d'effroi.

CLITON.

Non, je ne suis plus à moi.

Quoi ! vous refusez de m'entendre !
Quoi ! l'ami le plus vrai, quoi ! l'amant le plus tendre
Ne peut un moment vous parler !
Le tems de nos leçons est le seul qu'on nous laisse.

AGATHE.

Maman nous observe sans cesse.
Laissez-moi. Je veux m'en aller.

CLITON.

Si du moins j'osois vous écrire !

AGATHE.

M'écrire ! à quoi bon ? & sur quoi ?

CLITON.

Que n'aurois-je pas à vous dire ?

AGATHE.

Je balance, je n'ose, & je ne sais pourquoi ;
Car enfin vos écrits sont des leçons pour moi :
C'est m'éclairer que de vous lire.

SCENE VII.

CLITON, *seul.*

AIR.

AH ! je triomphe de son cœur,
Je suis aimé, je suis vainqueur.
Quelle innocence !
Quelle candeur !
C'est le désir dans sa naissance ;
C'est le plaisir dans sa fleur.

Ah ! je triomphe, &c.

De l'amour, dans ma lettre,
Le poison va couler.
D'un feu qui la pénètre,
Ma plume va brûler.

Elle lira,
S'attendrira;
Et dans son âme,
Un trait de flâme
Se glissera,

Oui, je triomphe de son cœur.
Je suis aimé, je suis vainqueur.

Fin du second Acte.

ACTE TROISIEME.

SCENE PREMIERE.

AGATHE, *seule, une lettre à la main.*

JE l'ai, cette preuve parlante.
Ho! ho! l'ami de la maison,
Le Sage si vanté, vous perdez la raison!
Relisons sa lettre..... Excellente!

A I R.

Bon! mieux encor! oui, c'est cela.
Le digne Mentor que j'ai là!
Le pauvre homme! c'est dommage!
Il ne dort pas de la nuit.
C'est dommage!
Mon image
Le tourmente & le poursuit.
Bon! mieux encor! oui, c'est cela.
Le digne Mentor que j'ai là!
Je crois voir d'ici ma mere,

Lifant ce joli poulet,
Sa furprife, fa colere,
Et la mine qu'elle fait.
Son ami ne la craint guère:
Il me le dit clair & net.
Hé! oui vraiment, oui, c'eft cela.
C'eft un tréfor que je tiens-là.

(Agathe baife la lettre.)

SCENE II.

AGATHE, CÉLICOUR.

CÉLICOUR.

QUE vois-je? quelle eft cette lettre,
Qu'avec ce tranfport vous baifez?

AGATHE.

Ce n'eft rien.

CÉLICOUR.

Ce n'eft rien! voulez-vous bien permettre?

AGATHE.

Non, Monfieur.

CÉLICOUR.

Vous me refufez?

AGATHE.

Mais ce n'eſt rien, vous dis-je.

CÉLICOUR.

Agathe !

AGATHE.

Un badinage ;

Qui ne mérite pas la curioſité.

CÉLICOUR.

'Agathe !

AGATHE.

Non, en vérité ;

Ce n'eſt qu'un jeu.

CÉLICOUR.

Voyons. Je gage

Que cette lettre vient du Couvent.

AGATHE.

Du Couvent ?

Non.

CÉLICOUR.

Quelque compagne chérie
Qui vous écrit, je le parie.

AGATHE.

Non.

CÉLICOUR.

Non !

AGATHE.

Non. C'eſt d'un homme. Etes-vous plus ſavant ?

CÉLICOUR.

D'un homme !

AGATHE.

Oui, oui, d'un homme.

CÉLICOUR.

Et vous baifez fa lettre?

AGATHE.

Si vous voulez bien le permettre,

CÉLICOUR.

Quelque parent?

AGATHE.

Non.

CÉLICOUR, *vivement*.

Non! je faurai ce que c'eft?

AGATHE.

Mais, vous le faurez, s'il me plaît,

CÉLICOUR.

Seulement voyons de quel ftile,

AGATHE.

Célicour, vous m'avez promis
Que fi je vous aimois, vous feriez doux, tranquile,
Modéré, docile, & foumis?

CÉLICOUR.

Vous voyez, je le fuis. Mais...

AGATHE.

Point d'impatience,
Les amants, comme les amis,
Se doivent l'un à l'autre un peu de confiance,

CÉLICOUR.

J'en ai. Mais...

AGATHE.
Croyez-vous, ou non,
Que je vous aime ?

CÉLICOUR, *en tremblant.*
Hélas ! je le crois.

AGATHE.
Tout de bon ?

CÉLICOUR, *de même,*
Oui , tout de bon.

AGATHE.
Croyez de même
Qu'on ne trahit pas ce qu'on aime.

CÉLICOUR, *vivement.*
Non , mais pour ce qu'on aime on n'a point de fecret.

AGATHE, *d'un ton impofant.*
Vous vous fâchez !

CÉLICOURT, *timidement.*
Moi ! non.

AGATHE.
Je veux qu'on foit difcret,
Comment ! fi j'étois votre femme,
Monfieur tous les matins auroit donc l'œil au guet ,
Pour demander à voir le plus petit billet
Que l'on écriroit à Madame !

CÉLICOUR.
Ho ! non. Ce feroit abufer...

(*Vivement.*)
Mais cette lettre enfin , je vous la vois baifer ;
Et baifer de toute votre ame.

AGATHE.

Vraiment ! fi je l'avois déchirée à vos yeux,
Vous n'en feriez pas curieux,
Je le crois bien. Le beau mérite !
La confiance eft de me voir
La lire, la baifer, fans vous en émouvoir ;
Et fans me demander qui peut l'avoir écrite.

CÉLICOUR.

Cela fe peut-il propofer ?
Là, je m'en raporte à vous-même.

AGATHE.

Oui, Monfieur, voilà comme on aime ;
Et fur la bonne foi l'on doit fe repofer.

D U O.

CÉLICOUR.

Tout ce qu'il vous plaira ;
Mais ce refus me bleffe.

AGATHE.

Tout ce qu'il vous plaira ;
Mais le foupçon me bleffe.

CÉLICOUR.

Si c'eft une foibleffe,
L'Amour l'excufera.

AGATHE.

Si c'eft une foibleffe,
L'Amour vous guerira.

CÉLICOUR.

Et fi l'on m'aime, on me plaindra.

AGATHE.

Et fi l'on m'aime, on me croira.

CÉLICOUR.

Mais qu'eſt-ce qu'il en coute,
D'appaiſer ſon Amant ?

AGATHE.

Juſqu'à l'ombre du doute,
Eſt un crime en aimant.

CÉLICOUR.

Vous me voyez tremblant ;
Et de m'être infidelle
Vous faites le ſemblant.

AGATHE.

Si ce n'eſt qu'un ſemblant,
Et ſi je ſuis fidelle,
Ne ſoyez plus tremblant.

CÉLICOUR.

Tout ce qu'il vous plaira , &c.

AGATHE.

Tout ce qu'il vous plaira , &c.

CÉLICOUR.

He bien je t'en croi.
Sur ta bonne foi,
A tout je m'expoſe.
Je n'ai plus de doute avec toi.

AGATHE.

C'eſt aſſez pour moi.
Sur ma bonne foi
Ton cœur ſe repoſe.
Je n'ai plus de ſecret pour toi.

Tiens , lis.

CÉLICOUR.

Non , je ne veux pas lire.
Tu m'aimes ; je le crois ; cela doit me ſuffire.

AGATHE.

Lis, lis, quelques mots seulement.

CÉLICOUR.

Si tu le veux abfolument,
Il faut bien t'obéir... Quoi ! c'eft Cliton !

AGATHE.

Lui-même.

CÉLICOUR.

Que vois-je ? Il vous dit qu'il vous aime !

AGATHE.

Affurément.

CÉLICOUR.

Et vous baifez
Cette lettre infolente !

AGATHE, *avec impatience.*

Ho ! de grace, lifez.

CÉLICOUR *lit.*

» Oui, belle Agathe je vous aime.

» Votre image fans ceffe, en tous lieux me pourfuit.

AGATHE.

Ce n'eft rien que cela. Paffez à ce qui fuit.

CÉLICOURT *lit.*

» Je ne me connois plus moi-même.

» Tous les jours enivré du plaifir de vous voir ,

» Près de vous je refpire un feu qui me confume.

» La raifon veut l'éteindre , & l'amour le ralume.

» Aux foibles rayons de l'efpoir.

» Ah ! laiffez cet efpoir à mon âme enflâmée.

» Livrez-vous au plaifir d'aimer & d'être aimée.

» Croyez qu'il n'eſt rien ſous les cieux
» Ni de plus doux, ni de plus ſage.
» Voyez quels momens précieux
» L'amour attentif nous ménage,
» Ah ! qu'ils ſeroient délicieux
» Si nous ſavions en faire uſage ! »

AGATHE.

Continuez.

CÉLICOUR.

L'audacieux !
Quel égarement ! quel délire !

AGATHE.

La fin, ſurtout, eſt bonne à lire.

CÉLICOUR *lit.*

» Doutez-vous que l'himen ne ſouſcrive à des nœuds
» Qu'aura formés l'amour ? Allez, ſoyez tranquile.
» A votre mere il m'eſt facile
» D'inſpirer tout ce que je veux.
» Que n'êtes-vous auſſi docile !
» Rien ne manqueroit à mes vœux.

AGATHE.

Qu'en dites-vous ?

CÉLICOUR.

Quelle inſolence !
Votre mere lira cette lettre.

AGATHE.

Un moment.

CÉLICOUR.

Moi ! garder avec lui quelque ménagement !
Non, non, rien ne sauroit me forcer au silence.

AGATHE.

Vous êtes un peu vif. (*bas.*) Voyons s'il est méchant.
Oui, vous serez vengé, si vous aimez à l'être.
Dès que maman va le connoître....

CÉLICOUR.

Il aura son congé, n'est-ce pas ?

AGATHE.

Sur le champ;

CÉLICOUR.

Sans éclat ?

AGATHE.

Sans éclat, peut-être ;
Mais tout se fait. Le bruit en sera répandu ;
Et les noms de fourbe & de traître
Lui seront prodigués. C'est un homme perdu.

CÉLICOUR.

Quoi ! perdu, pour une folie !
Cela seroit trop serieux.

AGATHE.

Vous croyez?

CÉLICOUR.

Ma foi, j'aime mieux
Qu'elle demeure ensevelie.
Après tout, cet homme a des yeux ;

Il vous voit tous les jours, tous les jours embelie ;
Et fans être un homme odieux,
On peut vous trouver fort jolie.
AGATHE.
Ah ! je fuis tranquille à préfent ;
Et comme je voulòis, cette épreuve m'éclaire.
CÉLICOUR.
Scrois-je digne de vous plaire,
Digne de vous aimer, fi j'étois malfaifant ?

(*Il veut déchirer la lettre.*)
AGATHE.
Ne déchirez pas.
CÉLICOUR.
Bon ! pourquoi ?
AGATHE.
Je veux lui faire
Peu de mal, mais beaucoup de peur.
Ce n'eft pas trop, je crois, pour punir un trompeur.
CÉLICOUR.
Ho ! non.
AGATHE.
Vous ferez en colere ;
Et Cliton, pour vous appaifer,
N'ayant rien à vous refufer,
Lui-même à nous unir engagera ma mere.
CÉLICOUR.
A merveille ! au moyen de fa lettre... Oui, je vois,
Belle Agathe, & je fens tout ce que je vous dois.

(*Il fe jette à fes genoux, & lui baife la main.*)

SCENE III.

CLITON, CÉLICOUR, AGATHE.

AGATHE, *appercevant Cliton.*

(*Bas.*)   (*Haut.*)
Voici Cliton. Quelle folie !
Un Capitaine à mes genoux !
Est-ce là votre poste ?

CÉLICOUR.

Il me seroit bien doux !

AGATHE.

Si votre Colonel vous voyoit ?

CÉLICOUR.

De sa vie
Il n'auroit été si jaloux.

AGATHE.

Allons, finissez. Levez-vous.

CÉLICOUR.

Songez que dans peu je vous quitte.

AGATHE.

Ne m'avez-vous pas fait vos adieux ? Tout est dit.
Allez vous-en bien loin, & m'oubliez bien vîte.

CLITON.

CLITON, *à part.*

Bon ! comme il a l'air interdit !

(*à Célicour.*)

Ah ! je vous y prends , petit traître ;

Petit séducteur ! c'est ainſi

Que de la liberté que l'on vous donne ici ?...

Je ſuis ravi de vous connoître.

CÉLICOUR.

Qu'ai-je fait ?

CLITON.

Vous croyez peut-être

Que je n'ai pas vû ? Libertin !

AGATHE.

Oui , grondez-le bien fort ; car c'est un vrai lutin.

CLITON.

Tremblez jeune inſenſé.

Sa mere va m'entendre ;

Et vous ſerez tancé.

Demain , ſans plus attendre ,

Partez , partez d'ici.

Agathe le veut ainſi.

Voyez-vous, dans ſa rougeur ,

Comme la colere éclate !

Appaiſez-vous , belle Agathe !

Je ſerai votre vengeur.

Tremblez jeune inſenſé.

Sa mere va m'entendre ;

Et vous ſerez tancé.

Demain , ſans plus attendre ,

Partez , partez d'ici.

Agathe le veut ainſi.

D

CÉLICOUR.

Qu'elle ordonne ; il suffit. Mais vous, il vous sied bien
D'employer ici la menace ?
Vous voulez me chasser ? Et c'est moi qui vous chasse.
(*Il lui montre sa lettre.*)
Voilà votre congé, bien plus sur que le mien.

CLITON, *à Agathe.*

Quel est ce congé ?

AGATHE.

Ce n'est rien.
C'est ce billet, ce badinage,
Que vous m'avez écrit.

CLITON.

Il l'a vû !

CÉLICOUR, *à part.*

Le courage,
Va lui manquer.

CLITON.

O ciel !

AGATHE.

Ne soyez point faché :
C'est mon cousin ; pour lui je n'ai rien de caché.

CLITON.

Je suis trahi ! perdu !

CÉLICOUR.

J'aime à voir de quel stile
Un sage écrit à sa pupile.
Libertin ! séducteur !

CLITON.

J'avois perdu l'efprit ;
Je l'avoue. Ah! rendez, rendez moi cet écrit.

CÉLICOUR.

Non.

CLITON.

De grace.

CÉLICOUR.

Peine inutile.

CLITON.

Agathe !

AGATHE.

Allez, foyez tranquile,
Il ne le montrera qu'à ma mere.

Elle fort.

SCENE IV.

CÉLICOUR, CLITON.

CLITON.

AH! serpent !

(*à part.*)
Que vais-je devenir si cela se répand ?

DUO.

CLITON.

J'ai fait une grande folie.
Je le sens bien!

CÉLICOUR.

Je le crois bien.

CLITON.

Hélas! quel malheur est le mien!
Mais quoi, le plus sage s'oublie.

CÉLICOUR.

On ne peut pas toute sa vie
Jouer si bien l'homme de bien.

CLITON.

Souvent le plus sage s'oublie.

CÉLICOUR.

Souvent le plus rusé s'oublie.

CLITON.

J'ai fait une grande folie.
Hélas! quel malheur est le mien!

CÉLICOUR.

On ne peut pas toute sa vie
Jouer si bien l'homme de bien.

CLITON.
Mon cœur me le reprochoit bien;
Mais Agathe est si jolie!
CÉLICOUR.
Ho! très-jolie!
Oui, j'en convien.
CLITON.
N'en dites rien, je vous supplie,
Dans la maison n'en dites rien.
CÉLICOUR.
Pour cela non. Je vous supplie
De trouver bon qu'il n'en soit rien.
CLITON.
J'ai fait une grande folie. &c.

CÉLICOUR.

Finissons. Vous avez du crédit sur ma tante;
'A garder le secret voulez-vous m'engager?
CLITON.
Si je le veux!
CÉLICOUR.
Je puis encor vous ménager.
J'aime Agathe. A mes vœux que sa mere consente;
Et je veux bien tout oublier.
CLITON.
Que n'ai-je le crédit dont je vois qu'on me flate!
Mais...
CÉLICOUR.
Point de *mais*. Je n'ai qu'un mot: la main d'Agathe;
Si non, je vais tout publier.

SCENE V.

CLITON, *seul.*

AH! quelle adreſſe!
La traîtreſſe!
Comment prévoir
Un trait ſi noir?
Ah! mon ivreſſe,
Ma tendreſſe,
Mon ivreſſe
Ne m'a fait voir
Qu'un fol eſpoir.
C'eſt par moi, par moi-même
Qu'elle a ſu me punir.
A mon rival qu'elle aime,
C'eſt moi qui vas l'unir.
Dans ce péril extrême
Sauvons du moins l'honneur.
Faiſons.... Quoi? Leur bonheur!
Ah! qu'elle adreſſe! &c.

SCENE VI.

ORFISE, CLITON.

ORFISE, *avec émotion.*

Vous êtes là, Cliton, bien calme & bien tranquile ;
Et moi, je suis dans la douleur.
Ma fille....

CLITON.

Hé bien ?

ORFISE.

Votre pupile.....
Vous m'avez prédit mon malheur.
Elle est amoureuse à son âge,
De mon étourdi de neveu ;
Et mon frere, cet homme sage,
Me demande, à moi, mon aveu.

CLITON.

On sait que vous êtes si bonne !

ORFISE.

Je le suis ; mais non pas assez
Pour former ces nœuds insensés.
N'ayez pas peur que j'abandonne
Ma fille à ses foles amours ;
Et pour en abréger le cours,
Je vais lui déclarer l'époux que je lui donne.

CLITON.

Vous avez fait un choix ?

ORFISE.

Oui, le choix d'un époux
Aimable & vertueux, éclairé, sage & doux ,
D'un caractère honnête & d'un esprit solide ,
Qui sera son ami , son conseil & son guide ;
Et cet homme unique , c'est vous.

CLITON.

Moi , Madame ?

ORFISE.

Oui , vous-même.

CLITON, *à part.*

Ah ! maudite imprudence !

ORFISE.

Ma fille est sous ma dépendance.
Je disposerai de sa main.
Et quant à mon neveu , nous nous quittons demain.

CLITON, *à part.*

Qu'ai-je fait ?

SCENE VII.

ORFISE, CLITON, ORONTE,
AGATHE, CÉLICOUR.

ORFISE.

Oui, demain nous nous quittons mon frere.

ORONTE.

Ma sœur, en vérité je ne sais pas pourquoi
Vous vous êtes mise en colère.
Nos enfans s'aiment : je n'y voi,
Ni crime, ni malheur. Ils sont de bonne foi ;
Et tous deux en âge de plaire.
Vous êtes plus riche que moi,
Voilà tout.

ORFISE.

Fi, Monsieur ! quelle indigne pensée !
Riche, ou non, votre fils est un jeune étourdi.
Ma fille une jeune insensée ;
Moi, Monsieur, je suis mere, & je suis offensée ;
Ils ne se verront plus. C'est moi qui vous le di.

ORONTE.

Voulez-vous que ce soit la raison qui l'emporte,
Ma sœur ? prenons quelqu'un qui nous mette d'accord.
Cliton, votre ami, peu m'importe.
C'est à lui que je m'en raporte ;
Et je céderai, si j'ai tort.

ORFISE.

Vous prenez Cliton pour arbitre !

ORONTE.

Oui ma sœur. N'est-ce pas un sage ?

ORFISE.

Assurément !

ORONTE.

Hébien , qu'il nous juge à ce titre.

ORFISE.

Volontiers. Je souscris d'avance au jugement.

ORONTE.

Sans appel ?

ORFISE.

Sans appel. La faveur n'est pas grande.

ORONTE.

C'est tout ce que je vous demande.
Çà, notre juge , allons , prononcez librement.

CLITON, *à part.*

Que dirai-je ?

CÉLICOUR, *bas.*

Parlez, ou je parle moi-même.

CLITON.

Vous avez sur Agathe un empire suprême ;
Madame ; & vos desirs font pour elle des loix.

ORFISE, *à Oronte.*

Hébien ?

CLITON*.

Mais une mere, à ses enfans qu'elle aime,
De son autorité ne fait sentir le poids,
Qu'avec une douceur extrême.

ORFISE.

Ne m'avez-vous pas dit cent fois,
Qu'il seroit imprudent de les unir ensemble?

CLITON.

Oui.... Mais à présent il me semble
Plus dangereux encor d'exercer tous vos droits.

ORFISE.

Monsieur, point de foiblesse, & point de déférence.
(bas.)
Voulez-vous leur donner sur vous la préférence ?

CLITON.

Ah Madame ! je sens tout ce que je vous dois.

ORFISE.

Prononcez donc.

CLITON.

J'hésite, & ce n'est pas sans cause.
A des regrets, sans doute, un fol amour expose ...
Mais Agathe a choisi ; je souscris à son choix.

ORFISE.

Mais, Monsieur, c'est à vous que ma fille est promise ;
Et c'est à moi qu'elle est soumise.

––––––––––––––––––––––––––––––––––

* Chaque fois que Cliton paroît pencher du côté de la mere,
Célicour lui montre la Lettre, & la peur lui fait changer d'avis.

ORONTE, & CÉLICOUR.
Lui ! lui ! l'époux d'Agathe !

CLITON.

Ah Madame ! Cessez
D'affliger ces deux cœurs que l'amour a blessés.

ORFISE.

C'est vous Cliton ! c'est vous qui voulez que je livre
Ma fille à ce jeune homme !

CLITON.

Oui, faisons deux heureux,
Madame : auprès de vous, sous vos yeux ils vont
vivre ;
Et vous serez sage pour eux.

ORFISE.

Non, cela n'est pas concevable,
Quel homme !

ORONTE.

Allons ma sœur.

ORFISE.

Je l'avoue, il m'accable,

ORONTE.

Ici les vains détours ne sont plus de saison :
Il faut céder.

ORFISE.

Je céde.

CÉLICOUR.

Ah Madame !

AGATHE.

Ah ma mere !

ORFISE.

Rendez-lui grace.

ORONTE.

Hebien, n'avois-je pas raifon?

CÉLICOUR, *à part, rendant la lettre à Cliton.*

Tenez, l'homme de bien. Je me tais ; mais j'efpere
Que vous ne ferez plus l'ami de la maifon.

QUINQUE.

ORFISE.

Le voilà, le vrai modèle
De la candeur & du zèle ;
Le vrai fage, le voilà.
Je veux que de çe trait-là
Soit fait un récit fidèle.
Dans mille ans on le lira ;
En le lifant on dira :
Le voilà, le vrai modèle
Des amis de ce tems-là.

ORONTE, AGATHE, CÉLICOUR, *en ironie:*

Le voilà, le vrai modèle
De la candeur, &c.

CLITON, *à part.*

Le voilà, le vrai modèle
De la malice femelle ;
Et fa dupe, la voilà.
Comptez, après ce trait-là,
Sur la candeur d'une belle.
En me voyant on dira :
Tu croyois te jouer d'elle,
Pauvre fot ! qu'as-tu fait-là ?

FIN.